Tilly Tierlieb

ist Tierärztin und heißt eigentlich Dr. Ottilie Mann. Schon als kleines Mädchen hat sie ihren Spitznamen „Tilly Tierlieb“ erhalten. Kein Wunder: Sie hat Tiere schon immer geliebt.

Frau Förster

ist die Mutter von Sina und Max und genießt es, am Stadtrand zu leben: Im Grünen und doch nah bei der Stadt. Als Kind hat sie gern mit Katzen gespielt.

Herr Förster

ist der Vater von Sina und Max und freut sich immer über einen Grund zum Basteln. Er baut alles: eine Puppenwiege, einen Kaufladen und natürlich auch eine Hasenburg für Schnuffi!

Margot Scheffold

Tierärztin Tilly Tierlieb

Pony Rocky

Illustriert von Dorothea Tust

BAUMHAUS VERLAG

Alle Angaben in diesem Buch sind sorgfältig geprüft und erfolgen nach bestem Wissen und Gewissen. Sorgfalt bei der Umsetzung ist dennoch geboten und jeder Anwender muss selbst prüfen, ob die Angaben nicht durch neuere Kenntnisse überholt sind. Dazu gehört z. B. im Zweifelsfall einen Tierarzt zu konsultieren, Beipackzettel zu Medikamenten zu lesen und Gebrauchsanweisungen zu befolgen.
Der Verlag und die Autoren übernehmen keinerlei Haftung für Personen-, Sach- oder Vermögensschäden, die aus der unsachgemäßen Anwendung der vorgestellten Materialien und Methoden entstehen könnten.

Wir danken Dr. med. vet. Kristian Faulstroh
von der Tierärztlichen Klinik Dr. Faulstroh & Dr. Eichhorn
für seine fachliche Beratung.

Lektorat: Gabi Strobel / Sigrid Burkhart
Layout u. Typographie: Helmut Schaffer / Hans-C. Clas
ISBN 3-8339-3602-9

Gesamtverzeichnis schickt gern: Baumhaus Verlag,
Juliusstraße 12, D-60487 Frankfurt am Main
http://www.baumhaus-verlag.de

5 4 3 2 1 05 06 07 08 2009

Inhalt

Besuch!

„Jaaa!“ Maxi lässt den Hörer fallen und reißt den Arm nach oben. Er jubelt wie ein Sportreporter: „Sie kommeeen!“
Dann rast er mit erhobener Siegerfaust aus dem Zimmer. Und mit einem Lärm wie die ganze Formel 1.
„Maxi“, sagt Mama, „du klingst ja wie ein Auto. Was ist denn los?“
Sie liegt auf der Terrasse und sonnt sich. Neben ihr hockt Sina und streichelt Schnuffi. Auch Sina staunt. Ihr Bruder ist wohl wild geworden!
Sogar Schnuffi stutzt. Statt weiter an seiner Karotte zu mümmeln, dreht er den Kopf zur Terrassentür.

Da springt der wilde Max heraus.
„Sie kommen!", ruft er noch einmal und grinst: „Lenni kommt – er bringt Hops mit!"
Jetzt ist es mit der Ruhe vorbei.
Mama setzt sich auf. „Schnell, die Absperrung!", sagt sie und: „Ich mach' euch ein Eis."
Doch Max und Sina denken nicht an

Süßes. Oder doch: Sina denkt an den süßen Lenni, Max an das süße Kaninchen. Auf seinen großen Freund freut er sich natürlich genauso. Aber heute bringt er zum ersten Mal sein Zwergkaninchen mit. Das war schon lange geplant. Als sich die drei bei der Tierärztin kennen lernten, wurde Freundschaft geschlossen: zwischen Sina, Max und Lenni – und zwischen Schnuffi und Hops.

Seitdem haben sie sich zweimal getroffen: Einmal bei Lenni in der Stadt, einmal bei Sina und Max auf dem Land.

„Stadtrand“, sagt Mama: „Wir wohnen im Grünen, können aber jederzeit die Stadt erreichen.“ Das geht mit dem Auto – oder mit dem Bus. Lenni kommt mit dem Bus.

Beim ersten Mal hat seine Mutter ihn begleitet, diesmal kann er es alleine.
„Er bringt Hops mit! Schnuffi, du bekommst Besuch."
Sina ist ganz aufgeregt. Max auch. Mama hat Recht: Sie müssen die Absperrung aufbauen. Schließlich ist Hops viel, viel kleiner als Schnuffi. Wenn der Kleine ausbricht, könnte er durch den Zaun entwischen. Auf dem Feld könnten sie ihn dann gar nicht mehr einfangen.
Deshalb haben sie im Baumarkt eine Rolle Hasengitter besorgt. Das ist ein Streifen aus dünnem Draht. Es hat wabenförmige Löcher und ist ungefähr so hoch wie ein großes Lineal. Mit Holzstöckchen, die man in die Erde steckt, kann man so einen Minizaun bauen, eine niedrige

Drahtwand im Gras. Niedrig für Menschen, aber hoch für Schnuffis – und für Zwergkaninchen erst recht. Im Vergleich zu Hops ist Schnuffi nämlich riesig.
Trotzdem würde er niemals über ein Hindernis hüpfen, über das er nur mit seinen Ohrspitzen hinausragt.
„Ein Glück, dass du kein Feldhase bist“, sagt Max und lässt Schnuffi an seiner Hand schnuppern. „Dann würdest du nämlich große Sprünge machen und uns einfach ausreißen. Bleib lieber hier und buddel ein bisschen!“
Mama hat es als Erste entdeckt: Unter der Holzveranda, in der Schnuffis Haus steht, ist sandige Erde hervorgescharrt. Hier hat sich Schnuffi eine Kuhle gegraben, die direkt unter den Balkenboden des

Anbaus führt. Wenn er sich auf den Bauch legt, kann er platt unter dem ersten Balken durchschlüpfen – und weg ist er!
„Superschnuff!“, sagt Sina. „Du bist der Beste!“
Und Max erklärt voll Stolz: „Er will sich ein bisschen verstecken – genau wie wir in unserer Buschhöhle.“

Unter dem großen Busch sitzen die beiden am liebsten. Doch jetzt bauen sie einen riesigen Laufstall – von der Veranda bis in die Wiese. So kann Schnuffi seinem neuen Freund alles Wichtige zeigen: Den Stall im Innern des Anbaus, die Höhle darunter, Blümchenwiese und Gebüsch.
„Ich wette, die Wiese gefällt Hops am besten!“, überlegt Sina. „Sie ist voller Löwenzahn. Du weißt doch:

Löwenzahnblätter sind Leckerbissen für Kaninchen."

„Oh Mann, oh Mann", stöhnt Max, „ich möchte auch mal durch Schokopudding hüpfen!"

„Und ich durch Vanillecreme", schwärmt Sina.

„Oder durch ein Erdbeerfeld", sagt Max.

„Oder durch eine Bratwursthecke!“, schlägt Sina vor.
„Oder über eine Spagettiwiese!“, ruft Max. „Stell dir mal vor: Spagettihalme und Spagettibüschel überall!“

Hmmm, die beiden beginnen, sich die Lippen zu lecken. Da klingelt es. „Lenni!“, schreien sie gleichzeitig und laufen los. Max hetzt über die

Terrasse, ins Wohnzimmer hinein und über den Flur. Sina flitzt durchs Gras, biegt um den Anbau herum und steuert zur Haustür.
Dort steht Lenni und strahlt. In der Hand hält er einen Transportkäfig.
„Hallo!“, sagt er – und jetzt strahlt auch Sina: „Hallo, Lenni!“
Gerade, als sie bei ihm ankommt, reißt Max die Tür von innen auf.
Das gibt ein Hallo! Alle rufen durcheinander – bis ihnen Hops einfällt.
„Bestimmt hat er Angst“, sagt Sina.
„Er weiß doch gar nicht, wohin die Reise geht.“
„Zu Schnuffi!“, ruft Max. „Wir haben einen Laufstall gebaut. Komm, Lenni!“
Zu dritt laufen sie durch die Wohnung in den Garten. Dort öffnet Lenni den kleinen Käfig.

Er greift hinein und streichelt Hops. Dann stellt er den Käfig mit weit geöffneter Tür in den Hasengarten, hinter den kleinen Zaun.

Neugierig kommt Schnuffi herangehoppelt. Er legt die Nase in Falten und schnuppert.
Hops schnuppert auch, aber nicht ganz so sehr. Ein Zwergenschnuppern. Als er sich sicher fühlt, hopst er aus seinem Käfig in die Wiese. Dort hoppeln der Große und der Kleine aufeinander zu. Sie beschnuppern sich und stupsen sich gegenseitig in die Seite. Dann rupfen sie Löwenzahn und stupsen sich wieder.
„Richtige Freunde!", meint Sina, und auch Max ist glücklich.
Doch Lenni drängt: „Ich muss euch was erzählen!"

Sie kriechen unter den Haselstrauch in der Ecke des Gartens. Hier sind sie ungestört.

Die drei kauern unter den Zweigen des Haselnussbusches wie in einem grünen Zelt. Gleich bei seinem ersten Besuch haben Max und Sina Lenni ihren Geheimplatz gezeigt. Das ist eine große Ehre und Lenni weiß das.
Das Versteck hat viele Vorteile: Durch die Blätter hat man den Garten im Blick, aber man wird selbst nicht gesehen. Draußen sticht die Sonne – das Blätterdach gibt Schatten. Im Garten sirren die Mücken – unter den Zweigen bleibt man verschont. Und: „Große müssen draußen bleiben“, erklärt Maxi

seinem Freund die Spielregeln.
„Du bist zwar auch schon neun, aber das geht gerade noch."
„Ja", lacht Sina, „in diesen Dschungel dürfen keine Mücken und keine Mütter."
In dem Moment raschelt es. Mama klopft auf den Busch: „Will jemand ein Eis?"
„Ich! Ich! Ich!", schreien die drei. Doch als Mama die Zweige zur Seite biegt, rufen sie durcheinander:
„Halt! Nein! Nicht!"
Mama gibt nach. „Na gut", sagt sie. „Bitte sehr." Und reicht das Eis zwischen zwei Ästen durch.

„Danke", strahlen die Freunde. Dann sagen sie gar nichts mehr. Sie sitzen da und schlecken.

„*Das* war lecker“, schwärmt Max, der wieder mal als Erster fertig ist. Lenni lässt sich Zeit. Sina macht es genauso. Doch sie grübelt. „Wisst ihr was?“, fragt sie schließlich. „Wir brauchen ein Passwort. Nur wer das Passwort kennt, darf hier rein. OK?“

Max und Lenni staunen: Die Idee ist genial. Jetzt fehlt nur noch das Geheimwort. „Superschnuff“, schlägt Maxi vor, doch Lenni schüttelt den Kopf. „Schnuffi und Hops“, meint er. „Schnups!“, ruft Sina. „Spagetti?“, fragt Max. Doch Lenni lacht. „Tilly Tierlieb“, sagt er plötzlich. „Dort haben wir uns kennen gelernt. Das passt.“

„Genau“, meint Sina, „wir sind das Team von Tilly Tierlieb.“

„Das Tilly-Tierlieb-Team“, staunen Max und Lenni, „klingt ja richtig gut!“

Damit steht das Passwort fest: „TTT – das Tilly-Tierlieb-Team“.

Da ist es vorbei mit der Einigkeit: Max will nach den Kaninchen sehen. Doch Lenni hält ihn zurück. „Warte“, sagt er, „ich will was erzählen. Aber vielleicht ist es mehr für Sina.“

„Quatsch“, sagt Max und bleibt sitzen. „Erzähl schon.“

Sina sieht ihn von der Seite an. Sie wäre gern mit Lenni allein gewesen. Max merkt das gar nicht. Weil er Lenni so bewundert, will er nichts

von dem verpassen, was sein großer Freund erzählt. Selbst wenn es eine Sina-Geschichte ist.
Doch Lenni erzählt von der Fahrt im Bus. Von den Stadtteilen, durch die man dabei kommt. Von der vorletzten Haltestelle vor Max' und Sinas Haus. Vom Holzzaun, der dort steht. „Und dahinter", sagt er, „ist ein Pony."
Jetzt bekommt Sina große Augen. Sie liebt Pferde über alles. Nach den Sommerferien darf sie endlich reiten lernen. Also ab nächster Woche. Schon jetzt denkt sie an nichts anderes. Kein Wunder: Um den Hals trägt sie ein Kettchen mit silbernem Hufeisen. Das ist ihr Glücksbringer. Und in ihrem Zimmer hängen Pferdeposter. Lenni weiß das. Bei seinem letzten Besuch hat er die

Bilder gesehen und sie sich ganz genau gemerkt.

„Das Pony sieht so ähnlich aus wie das Pferdebild an deiner Tür“, sagt er.
„Weiß?“, ruft Sina. „Ein Schimmel!“
„Ja, aber mit grauen Flecken“, sagt Lenni.
„Das heißt Apfelschimmel“, kräht Max, „stimmt's?“
Sina nickt. Sie will jetzt alles wissen.
„Was ist denn mit dem Apfelschimmel?“, drängt sie Lenni.
Der bleibt ganz ruhig: „Das müsst ihr selbst sehen.“
Die Geschwister sind sprachlos. Vor allem Sina ist verwirrt: Das soll eine Geschichte sein? Eine, die aufhört,

wenn es gerade spannend wird? „Erzähl weiter“, bittet sie. Doch Lenni lächelt nur verschmitzt und Sina wird verlegen. Jetzt sagt sie gar nichts mehr.

Dafür kommt Max ihr zu Hilfe. Ausgerechnet. Max, der immer ein bisschen eifersüchtig ist auf ihre Freundschaft mit Lenni. „Lenni ist *mein* Freund“, sagt er manchmal. „Ein echter Riesen-Maxifreund.“ Und: „Maximale Freunde können sowieso nur Jungs sein.“

Im Moment klingt er ganz anders. „Spinnst du?“, platzt er heraus. Sein Respekt vor Lenni ist verflogen. „Was ist denn mit dem Pony? Sag schon! Mach! Ich will wissen, wie es weitergeht.“

Und trotzig fügt er hinzu: „Auch wenn es eine Sina-Geschichte ist.“
Sina sieht ihn an und grinst. Lenni lächelt Sina an. Und Max strahlt schon wieder: „Also?“
Doch Lenni bleibt dabei: „Nichts also. Ihr müsst das selbst sehen. Ich sage nur so viel: Das Pony hat ein Problem.“

Ein Pony mit Problem

Jetzt kommt Bewegung ins Tilly-Tierlieb-Team. Sina macht keine großen Worte, doch sie hat es eilig. Nichts wie hervor unter dem Hasel-strauch, raus aus dem Garten und hin zum Pony! Wie der Blitz schießt sie aus dem Busch heraus. Lenni kann kaum folgen – und Max will das gar nicht. Ein Problempferd? Oh Mann, oh Mann – das klingt überhaupt nicht gut. Aber er sagt nichts. Sonst heißt es noch, Pony-besuche sind nur für große Kinder. Das will er sich auf keinen Fall anhören. Erst mal abwarten, was Mama zu Sinas Plan sagt!

„Was wollt ihr denn im Dorf?“, fragt sie. „Ich denke, ihr wollt im Garten mit den Hasen spielen.“
Doch Sina kann sie überzeugen. „Bitte, Mama, Lenni hat aus dem Busfenster ein Pony gesehen! Wir wollen nur mal gucken. Und wir sind bald wieder da. Es ist gar nicht weit.“
Als Mama hört, dass die Ponywiese nur zwei Haltestellen entfernt ist, sagt sie: „Meinetwegen – aber in einer halben Stunde seid ihr zurück.“

Auch das noch! Eine halbe Stunde bei dem Monsterpony! Max ist alles andere als begeistert. Langsam trottet er hinter Lenni und Sina her. „Das arme Pony“, sagt Sina gerade. „Bestimmt braucht es Hilfe.“
„Quatsch!“, ruft Max, doch Lenni

dreht sich um und sagt: „Abwarten – alle beide. Da vorne kommt die Kreuzung. Wenn ihr dort nach links schaut, könnt ihr es gleich sehen.“

Sina wird schneller, ihr Bruder noch langsamer. Während sie fast zu laufen beginnt, macht Maxi nur noch Minischritte. Doch an der Kreuzung ist es Sina, die wie angewurzelt stehen bleibt. Jetzt sieht es auch Max: Hinter einem Bretterzaun kämpft ein Mann mit einem Pferd.

Besser gesagt, mit einem Pony. Es ist ein kleiner Apfelschimmel. Aber – „Er macht sich ganz groß, seht ihr?“ Lenni flüstert, als könnte seine Stimme das Pony noch mehr erschrecken. Doch das Tier ist mit sich selbst beschäftigt – und mit dem Mann, der es an einer Leine hält. Aber das Pony ist nicht zu halten.

Es schnaubt und prustet, schlägt mit dem Kopf hin und her, macht Bocksprünge durch die Luft und keilt nach allen Seiten aus. Dazwischen steigt es immer wieder auf die Hinterbeine und wiehert schrill. Der Mann hält die Leine fest umklammert, aber neben dem aufgerichteten Pferdchen wirkt er hilflos und ziemlich klein.
Die Kinder kommen sich noch kleiner vor. Sie trauen sich gar nicht, näher an das wildgewordene Tier heranzugehen.
„Seht ihr?“, fragt Lenni ganz aufgeregt seine Freunde: „Es hat ein Problem.“
„Ja“, antwortet Sina aus tiefstem Herzen, „wir müssen ihm helfen.“
„Nein!“, ruft Max. „Es *ist* ein Problem! Und es *macht* Probleme.“

Er stellt sich stur: „Problempferde sind doof. Und doofe Pferde mag ich nicht.“
In Wahrheit hat er Angst vor Pferden. Die sind so groß und gefährlich! Man weiß nie, wann sie ausschlagen. Wahrscheinlich gerade dann, wenn jemand hinter ihnen steht.
Sina beachtet ihren Bruder gar nicht. Sie überlegt einfach weiter: „Oder wir müssen jemanden finden, der dem Pony helfen kann.“
„Tilly Tierlieb!“, rufen Max und Lenni wie aus einem Mund. Und weil die drei sich einig sind, dass das die beste Lösung ist, macht das Team sich auf den Rückweg.

Mama merkt gar nicht, wie schnell ihr Ausflug beendet war.

„Seht mal nach den Hasen!“, ruft sie den dreien von ihrer Gartenliege aus zu. „Wo stecken die bloß?“
Tatsächlich – das Hasengehege ist leer. Schnuffi und Hops sind verschwunden.
„O Mann, Lenni!“ Max packt seinen Freund am Arm: „Sie sind weg! Schnell – wir müssen sie suchen!“
Doch Lenni beruhigt seinen Freund: „Das sind Kaninchen, Maxi. Über den Zaun sind sie bestimmt nicht gesprungen. Wenn sie abhauen, dann durch einen Tunnel.“
„Wie die Panzerknacker!“ Max lacht schon wieder.
Was Lenni sagt, stimmt. Und man sieht sofort, dass nirgends unter dem Hasenzaun gegraben wurde. Aber wo sind die beiden? Während er noch überlegt, kriecht Schnuffi

unter dem Anbau hervor. Gleich hinter ihm schlüpft Hops unter dem Balken heraus. Er muss nicht mal die Ohren anlegen, so groß ist der Höhleneingang, den Schnuffi gegraben hat. Doch jetzt ist Schnuffi faul. Mit einem kleinen Hopser springt er in den Anbau. Dann hoppelt er gemächlich auf sein Holzhaus zu. Als er darin verschwunden ist, sagt Lenni zu Hops: „Komm Hops, wir gehen. Schnuffi ist müde."
Er hebt den Kleinen hoch und trägt ihn zu seiner Transportkiste. Mit einem Hopser ist Hops in der Kiste verschwunden und Lenni macht das Türchen zu.
„Willst du schon gehen?", fragt Mama. „Bleib doch zum Abendessen. Ich fahr' dich nach Hause."
Doch Lenni schüttelt den Kopf:

„Nein, danke. Ich fahre lieber gleich – und ich nehme den Bus.“
„Wir fahren mit!“, rufen Max und Sina. „Bitte, Mama!“
Doch Mama fragt nach:
„Was ist denn los? Wieso habt ihr es so eilig?“
„Wir müssen ein Pony retten“, antwortet Sina.

„Wir müssen zu Tilly Tierlieb", sagt Lenni.
Und Max schreit: „Wir müssen sofort los!"

„Na gut", sagt Mama, „vielleicht kann Papa euch fahren. Schließlich hat er Urlaub. Ich will noch ein bisschen die Sonne genießen. Einverstanden?"
Sina sieht Lenni an. Lenni sieht Max an – und alle drei nicken. Auch Papa nickt, als er ihre Geschichte hört. „Ich weiß, welche Stelle ihr meint. Die Wiese gehört zu Bäumers Gartenlokal. Und dort gibt es jetzt ein Pony? Ein wildes noch dazu? Das will ich sehen. Also: fahren wir!"

Rocky Rastlos

Als sie aus dem Auto steigen, ruft Lenni: „Hier, hinter dem Holzzaun war es!"
Doch das Pony ist weg. Auch der Mann ist verschwunden.
Papa erklärt: „Das ist der Obstgarten, der zu der Gaststätte gehört … Seht ihr die Terrasse mit den Tischen? Dort vorne ist das Lokal."
Dann schlägt er vor: „Wir gehen einfach hinein und fragen nach. Den Käfig mit Hops lassen wir im Auto, wir bleiben ja nicht lange weg. Hier ist es ruhig und er muss das ganze Hin und Her nicht mitmachen. Das würde ihn nur erschrecken."

Lenni ist einverstanden. Er stellt das kleine Hopshaus zurück auf die Rückbank und macht die Autotür vorsichtig zu. Papa schließt ab und geht voraus zum Eingang der Wirtschaft.

Ein Mann kommt ihnen lächelnd entgegen. „Vier Plätze?“, fragt er. „Möchten Sie draußen sitzen?“
Doch Papa sagt: „Vielleicht später – die Kinder würden gern das Pony sehen. Geht das?“
Der Mann lacht: „Na, das hat sich aber schnell herumgesprochen! Wir haben den Spinner doch erst seit gestern.“
Sina dreht sich zu Lenni. Der macht ein Zeichen mit den Augen. Von wegen Spinner! Die beiden sind sich einig: Das Pony braucht Hilfe.

Der Mann redet weiter: „ Wir haben den Kleinen ja extra für die Kinder unserer Gäste gekauft. Aber er gibt einfach keine Ruhe. Vorhin hat er sich aufgeführt wie ein Wilder. Mein Sohn konnte ihn kaum halten. Man kann das Tier überhaupt nicht auf die Wiese lassen. Und für Kinder ist es wohl auch nicht geeignet."
Papa sieht Sina an. Was der Wirt erzählt, erschreckt sie nicht weiter. Erstens hat sie selbst gesehen, wie das Pony sich benommen hat. Und zweitens ist jetzt Papa da. In seiner Begleitung kann man sich den Wildfang ja mal näher ansehen. Schnell sagt sie: „Bitte Papa, wir wollen das Pony sehen!"
„Von mir aus gerne", meint Papa.
Herr Bäumer nickt. „Gehen Sie einfach durch diese Tür in den Obst-

garten. Am hinteren Ende liegt ein Gebäude. Das war mal ein Gartenhaus. Dort haben wir den Stall untergebracht. Aber seien Sie vorsichtig – und lassen Sie Rocky nicht aus seiner Box!“

„Keine Sorge“, antwortet Paps, „ich passe schon auf.“

Dann gehen die vier auf die Tür zu.

„Ihr seid ja richtige Pferdefreunde“, lacht der Gastwirt.

Doch das hört nur noch Paps. Die Kinder rasen voraus. Allen voran Sina. Lenni stürmt hinterher. Sogar Max verfällt in Galopp, obwohl er ja eigentlich Angst hat. Aber er will sich nicht blamieren. Nicht vor seiner Schwester – und vor Lenni schon gar nicht. Außerdem ist der Spinner ja eingesperrt. So braust das Team der Pony-Retter auf den Stall zu.

Vor der Tür bleibt Sina stehen. „Langsam“, sagt sie, „damit wir ihn nicht erschrecken.“
Vorsichtig öffnen sie die Stalltür. Ganz hinten lugt ein weiß verwuschelter Pferdekopf über eine halbhohe Holztür. Das Pony benimmt sich seltsam: Es setzt die Zähne

auf die Oberkante der Boxentür und schluckt Luft. Das klingt wie ein Rülpsen. Immer und immer wieder. Erst als Sina vorsichtig näher kommt, hört Rocky damit auf. Er streckt den Hals über die Boxentür und dreht den Kopf zu Sina. Dabei bewegt er seine Ohren. Erst zeigt eine Ohrmuschel nach hinten und eine nach vorne, dann dreht er beide Ohren zu Sina.

„Das ist ein gutes Zeichen“, flüstert Paps. „Nur wenn sie die Ohren anlegen, sind Pferde wütend. Dann muss man aufpassen. Rocky hat jetzt gemerkt, dass von hinten keine Gefahr droht. Jetzt konzentriert er sich auf dich. Schau mal, die Ohren sind aufgestellt und beide Ohrmuscheln zeigen nach vorne. Das bedeutet: Willkommen.“

Sina strahlt. „Hallo Rocky! Hab keine Angst, wir tun dir nichts. Wir wollen dir helfen.“
„Genau“, flüstert Lenni. „Wir sind das Tilly-Tierlieb-Team.“

„Darf ich ihn anfassen?“, bittet Sina. „Lieber nicht“, sagt Papa, „man weiß ja nie. Er wirkt so rastlos. Womöglich beißt er dich noch in den Finger. Fragt lieber erst die Tierärztin. Ich bringe euch gleich dorthin.“

Wer rettet Rocky?

Glück gehabt! Die Nachmittags-Sprechstunde ist noch nicht zu Ende. Lenni bringt Hops nach Hause und schon fünf Minuten später stehen sie vor der Tierpraxis. ‚Tierärztin Dr. O. Mann' steht auf der Tür.

Paps ist verwirrt. „Sind wir hier richtig?", fragt er. „Ihr habt doch gesagt ‚Tilly Tierlieb'."

„Das war doch ihr Spitzname, als sie noch ein Kind war!", ruft Max.

„Sie heißt nämlich Ottilie, aber alle nannten sie Tilly."

„Und weil sie schon immer Tierärztin werden wollte, bekam sie den Spitz-

namen Tilly Tierlieb“, erklärt Sina. „Und wir dürfen sie auch so nennen“, ergänzt Lenni voll Stolz.
„Im Telefonbuch steht ‚Kleintierpraxis O. Mann‘“, ruft Max dazwischen, „deswegen sind wir hergekommen!“
„Na klar“, lacht Paps, „weil das dein Lieblingsausdruck ist: Oh Mann, oh Mann!“
Lachend und redend sind sie ins Wartezimmer gekommen. Und – schon wieder Glück gehabt! – es ist leer.
„So kurz vor Ende der Sprechzeit kann das schon passieren“, sagt die Assistentin. Sie greift zum Telefon. „Frau Doktor, hier ist noch jemand“, sagt sie. „Soviel ich sehe, ohne Tier, aber mit einer Frage.“
Da geht die Sprechzimmer-Tür auf und die Tierärztin kommt heraus.

Als sie die drei sieht, fragt sie: „Wo sind denn eure Kaninchen?“ „Zu Hause“, antworten Lenni und Max wie aus einem Mund. „Das heißt, es geht ihnen gut“, kommentiert die Ärztin, während sie Papa die Hand schüttelt. „Sogar sehr gut. Wir machen alles genau so, wie Sie es uns gezeigt haben“, sagt Lenni. „Beim Füttern, beim Streicheln – und beim Spielen. Hops ist gar nicht mehr traurig. Die Holzbrücke macht ihm richtig Spaß.“ „Und Schnuffi ist sein Freund“, sagt Max. „Wie Lenni und ich: Jungs müssen zusammenhalten.“

Die Tierärztin stutzt ein bisschen, doch Sina fällt ihrem Bruder ins Wort: „Aber heute haben wir ein ganz anderes Problem: Ein Pony mit

Problem, also ein Problempferd. Es hat ein Problem.“

Vor Aufregung kann sie gar nicht richtig erzählen. Doch dann beginnt sie von vorne. Zusammen mit Lenni erzählt sie Doktor Tierlieb die Geschichte von Rocky: Dass der Gastwirt ihn für die Kinder gekauft hat. Dass er in seiner Box auf die Tür beißt. Und wie er sich draußen, auf der Wiese, benommen hat. Wie ein Wilder.

„Tja“, sagt Tilly Tierlieb. „Der Fall ist klar. Ein Pferd, das zu lange ohne Anregungen eingesperrt war, entwickelt Marotten. Manche baumeln mit dem Kopf hin und her. Immer hin und her. Tick, tack – wie ein Uhrpendel. Meistens treten sie dabei noch von einem Vorderfuß auf den anderen. Diese Pferde können einem wirklich Leid tun, sie sind nämlich furchtbar unglücklich. Mit dem Kopfpendeln und Füßewechseln wollen sie ihren Bewegungsmangel ausgleichen.

Für Pferde ist es nämlich lebenswichtig, sich jeden Tag zu bewegen, und zwar so viel wie möglich. Außerdem brauchen sie Ablenkung, Anregung und Gesellschaft. Für ein Pferd gibt es nichts Schlimmeres als Einsamkeit. Die macht sie richtig krank – manchmal sogar verrückt.“

„Oh Mann, oh Mann!“, sagt Max aus tiefstem Herzen. „Der Mann hat ja gesagt, Rocky ist ein Spinner. Bestimmt ist er verrückt. Und gefährlich noch dazu.“

Sina sieht ihn entsetzt an: Was redet er nur für Unsinn?

Die Tierärztin beruhigt die beiden: „Einsamen Pferden oder Ponys kann man helfen. Oder vielmehr: man muss ihnen helfen. Im Grunde ist es ganz einfach: Sie brauchen viel, viel Liebe. Das – und noch ein paar andere Dinge. Diese Tricks erkläre ich euch.

Wenn man rechtzeitig hilft, kann man damit jedes Pferd retten. Und ihr wollt den Kleinen doch retten, oder?“

Paps schmunzelt. Tilly Tierlieb auch. Und als die Kinder rufen: „Jaaaa!

Wir wollen Rocky retten!“, müssen beide lachen. Sogar Max brüllt mit. Seine Angst vor großen Tieren ist vergessen. Gemeinsam mit Sina und Lenni fühlt er sich stark. Schließlich sind sie ein Team. „Wir sind das Tilly-Tierlieb-Team!“, kräht er begeistert. Sina stupst ihn an und Lenni verstummt. Zu spät! Max hat ihr Geheimnis verraten.

Papa lacht noch immer. Doch die Tierärztin wird ernst. „Stimmt das?“, fragt sie. „Wollt ihr Tieren helfen? Alle zusammen – im Team?“
Lenni und Sina nicken. Max ist ganz verdutzt. Er merkt plötzlich, dass er sich verplappert hat. Doch Tilly Tierlieb freut sich: „Ja, wenn das so ist, werde ich euch noch vieles beibringen. Und mit Ponys fangen wir an.“

Fünf Minuten später sitzen sie zu fünft im Nebenzimmer der Praxis: Lenni, Sina, Max, Tilly Tierlieb und Papa. Tilly zeigt dem Team ein Video – und Paps darf auch zusehen. Max platzt fast vor Stolz. Schließlich war er es, der Tilly von ihrem Fan-Team berichtet hat. Wie ein kleiner König thront er in seinem Sessel und dreht zufrieden seinen Kopf. Vom Fernsehgerät zu seiner Schwester, von seiner Schwester zu seinem Freund und wieder zurück zum Bildschirm. Immerhin verdanken die beiden es ihm, dass sie nun einen Film über Spinnerpferde und ihre Behandlung sehen dürfen. Obwohl … Wie Spinner sehen die Pferdchen ja nicht gerade aus, die Tilly Tierlieb ihnen da vorführt. Höchstens am Anfang. Später werden sie ganz lieb.

„Seht mal“, erklärt die Tierärztin, „dieses Pferd hat ganz mit dem Kopfbaumeln aufgehört. Seit es mehr Aufmerksamkeit bekommt, gibt es dieses Interesse zurück. Es reagiert auf jeden Besuch mit einer freundlichen Begrüßung.“

„Aber Rocky pendelt gar nicht mit dem Kopf“, sagt Sina verzweifelt. „Er beißt in seine Boxentür. Und auf der Wiese hat er ausgeschlagen und gebockt.“

„Auch das sind Alarmzeichen“, erklärt Tilly Tierlieb, „oder vielmehr Hilferufe. Ein Pferd will damit sagen: ‚Ich fühle mich unwohl. Irgend etwas muss hier anders werden.‘ Was – das erkläre ich euch gleich bei einem Arztbesuch. Ich mache eine Visite in Rockys Stall. Kommt ihr mit?“

Die drei stupsen sich an und kichern: Das klappt ja wie bestellt! Stallbesuch mit Tilly – was Paps wohl dazu sagt?

„Meinetwegen“, seufzt er und verdreht die Augen. „Soll ich hinterherfahren?“

Doch Tilly Tierlieb winkt ab: „Keine Sorge, ich bring die Kinder schon heim. Meine Sprechzeit ist für heute Nachmittag sowieso beendet. Also: Gehen wir!“

Das lässt keiner sich zweimal sagen: Max hopst von seinem Sessel, Lenni springt auf – und Sina ist schon fast bei der Tür. Papa fragt noch: „Macht es Ihnen wirklich nichts aus?“, und gibt Tilly Tierlieb zum Abschied die Hand. „Benehmt euch bei der Frau Doktor“, ermahnt er Max und Sina – und dann ist er weg.

Stallvisite

Ein bisschen aufgeregt und sehr, sehr stolz fahren die drei dann in Tilly Tierliebs Auto Richtung Vorstadt.
„Richtung Rocky“, sagt Max, als wäre er ein Autopilot und müsste der Fahrerin den Weg angeben.
Doch Tilly hat die Adresse von Paps bekommen und steuert ihren Geländewagen auf dem kürzesten Weg zum Gartenlokal von Rocky Rastlos.
„Schade, dass wir schon da sind!“, meint Lenni bedauernd, als er wieder aus dem Wagen klettert. „Echt cool, so ein Jeep!“
„Und so praktisch“, ergänzt die Tierärztin. „Der trägt mich über

Stock und Stein, wenn ich mal auf ein Feld gerufen werde – oder in den Wald."
Sina macht große Augen. Tilly lacht: „Schließlich habe ich nicht nur eine Kleintierpraxis, sondern werde oft auch zu Bauern gerufen, wenn ihre

Kühe, Schweine oder Schafe krank sind. Oder auch mal in den Wald, wenn ein Reitpferd gestürzt ist."
„Gott sei Dank", rutscht es Max heraus, „du kennst dich mit Pferden aus." Jetzt ist ihm schon viel wohler.

Herr Bäumer wundert sich ein bisschen, dass die Kinder schon wieder da sind und dass sie diesmal eine Frau begleitet. Doch als Tilly Tierlieb sich vorstellt, ist er froh über ihren Besuch.
„Wenn Sie das verrückte Vieh mal ansehen möchten – gerne", sagt er und zeigt ihr den Weg zum Stall.
„Rocky will also etwas ändern", denkt die Tierärztin laut nach, während sie über die Obstwiese stapfen. „Dabei hat er es hier doch so schön, wenn er mal rauskommt!"

Doch kurz vor dem Stall hören sie Rocky schon rülpsen. Und kaum ist die Stalltür offen, sehen sie, wie er die Boxentür benagt.

„Warum beißt er in die Tür?“, fragt Lenni.
„Und warum grunzt er so komisch? Der spinnt doch!“ Maxi ist empört. Oder ängstlich – das weiß er selbst nicht so genau.
Die Tierärztin beruhigt ihn: „Seht mal richtig hin: Das Pony beißt gar nicht in die Tür, es legt nur seine Zähne auf die Oberkante und schluckt Luft. Damit versucht es sich zu beschäftigen. Den lieben, langen Tag. Pferde, die so etwas machen, sind unglücklich. Keiner kümmert sich um sie, da unterhalten sie sich selbst. Mit Luftschlucken.

Und weil das wie ein Rülpsen klingt und manche Leute auch Koppen sagen statt Rülpsen, nennt man diese Pferde Kopper. Euer Rocky ist also ein kleiner Kopper."

„Er langweilt sich?" Sina ist entsetzt. Lenni auch.

Nur Max muss kichern: „Und deswegen rülpst er? Sina, dir ist doch in Mathe immer langweilig, oder? Machst du das dann genauso?"

„Blödmann!", antwortet Sina. Sie ärgert sich, weil Lenni über Maxis Blödwitz kichert. Zum Glück lenkt Tilly Tierlieb sie ab.

„Was der Kleine hier macht, ist nicht lustig", erklärt sie, „denn bei vielen Pferden kommt erst das Koppen – und dann werden sie krank vor Langeweile. Die Luft drückt nämlich auf Magen und Darm und sie

bekommen schreckliche Bauchschmerzen. ‚Kolik' nennt man das. Bei solchen Krämpfen kann nur der Tierarzt helfen. Aber das ist ja bei dir gar nicht nötig", meint sie und tätschelt Rockys Hals. „Du hast gute Aussichten, mein Junge. Immerhin", sagt sie dann zu ihrem Team, „ist er in einer neuen Umgebung. Da gibt es allerhand zu entdecken.

Das müsste ihn eigentlich ablenken. Dass er trotzdem koppt, bedeutet wahrscheinlich, dass er vorher lange Zeit alleine eingesperrt war. Eine neue Box bringt da wenig. Er will was anderes sehen, er will raus."
„Aber da war er doch schon und hat ausgeschlagen wie verrückt." Lenni ist ganz aufgeregt. „Wenn Sie das gesehen hätten: er hat sich aufgeführt wie ein Rodeopferd."
Jetzt muss die Ärztin lachen. „Na na, es hat ihn ja kein Cowboy geritten, den er hätte abwerfen müssen, oder?"
„Im Gegenteil, jemand hat ihn an der Leine gehalten und versucht, ihn zu beruhigen", erzählt Lenni.
„Das könnte eine Erklärung sein", meint die Tierärztin. „Ausschlagen bedeutet immer: ‚Mir ist etwas

unangenehm.‘ Das kann eine zu kurz gehaltene Leine sein oder Schmerzen. Bei einem Aufsetzkopper ist es vielleicht auch nur die Wut. ‚Wenn ich schon mal draußen bin, dann hält mich jemand fest! Na warte, dir werd’ ich’s zeigen!‘“

Maxi lacht. Das gefällt ihm. Auch Lenni schmunzelt.

Nur Sina denkt nach. „Aufsetzkopper?“, fragt sie.

Und die Tierärztin erklärt: „So nennt man Pferde, die zum Luftschlucken ihre Zähne auf etwas aufsetzen. Zum Beispiel auf der Boxentür oder auf der obersten Zaunstange. Die andere Methode ist das Freikoppen, also Luft schlucken, ohne die Zähne irgendwo aufzusetzen. Das Freikoppen ist noch schlimmer. Aufsetzkoppen bekommt man schneller weg.

Das geht ganz einfach: Man muss das Pferd rauslassen. Mindestens eine Stunde pro Tag. Gut wäre auch ein zweites Tier, mit dem es sich die Box teilen kann. Am besten natürlich ein Pony oder ein Pferd, aber eine Ziege tut es auch. Und man sollte sich ein Beschäftigungsprogramm ausdenken: das Pony besuchen, füttern, putzen und bewegen. Nicht nur in der Reithalle. Schöne lange Ausritte, wechselnde Strecken, bei Sonnenschein und Regen, im Grünen und im Schnee – das ist es, was ein Pferd liebt. Wenn ihm der Wind um die Nase weht, wenn es Kräuter riecht, und wenn es einfach drauflos laufen kann.“
Sina nickt. Sie hat einen Plan.

Putzvergnügen für zwei

Bei der gemeinsamen Stallvisite hat Sina gut aufgepasst. Sie merkt sich alles, was Tilly Tierlieb erzählt. Am nächsten Tag geht sie mit Mama zum Gartenlokal von Herrn Bäumer. Sie setzen sich auf die Terrasse und bestellen Kaffee, Kakao und Kuchen. Der Wirt erkennt Sina sofort wieder. „Da ist ja die Ponyfreundin“, sagt er.

„Sie wird reiten lernen“, lächelt Mama.

„Ab nächster Woche. Da lernt sie natürlich auch, mit Pferden umzugehen und sich um sie zu kümmern. Wer kümmert sich eigentlich um Rocky?"
„Ich selber", sagt Herr Bäumer und lächelt auch. „Ich glaube, ich weiß, worauf Sie hinauswollen."
Da kann Sina sich nicht mehr zurückhalten: „Darf ich mich um Rocky kümmern?", ruft sie. „Bitte! Jeden Tag ein bisschen. Ich komme nach der Schule hierher und rede mit ihm. Darf ich? Bitte!"
„Gerne", sagt der Wirt, doch Mama ergänzt: „Von mir aus darfst du auch – wenn du zu Mittag gegessen und die Hausaufgaben gemacht hast."
Sina jubelt: „Ich schreibe Rocky gleich in meinen Stundenplan. Jeden Tag eine Pferdestunde!"

Am nächsten Tag fahren sie zum Reiterladen. Sina soll alles bekommen, was sie zum Ponyputzen braucht.
„Das Putzen tut euch beiden gut", sagt der Verkäufer. „Dein Pferd wird massiert, es fühlt sich wohl und bekommt Vertrauen zu dir. Es zeigt dir sogar, wo ihm das Putzen besonders gefällt. So lernt ihr euch besser kennen. Und außerdem ist das Striegeln eine Art Gymnastik für dich. Oder ein Aufwärmtraining vor dem Reiten."
Sina wundert sich. Das klingt ja richtig anstrengend! Der Mann lacht: „Du wirst schon sehen: Pferdeputzen macht schön. Das Pferd – aber auch den Menschen. Der trainiert beim Striegeln nämlich seine Arm- und Rückenmuskulatur."

Dann breitet er vor Sina die Werkzeuge aus, die sie zum Pferdeputzen braucht.

„Das ist der Striegel, eine Art ovale Gummibürste mit Halteschlaufe. Hier schiebst du deine Hand durch. Dann fährst du mit langen Bewegungen über das Fell. Aber nicht am Kopf, denn das tut Pferden weh.

So streifst du Staub und trockenen Schmutz aus dem Fell. Also vergiss nicht, den Striegel immer wieder auf dem Boden auszuklopfen!“
Dann greift er nach einer weichen Bürste.

„Nach dem Striegeln kommt das Bürsten dran. Immer in der Wuchsrichtung der Haare, also von vorne nach hinten. Die Bürste musst du natürlich auch sauber halten. Am besten, du streifst sie nach jedem dritten Zug am Striegel ab, damit die Pferdehaare herausfallen. Um die Beine und Hufe zu säubern, benutzt du eine grobe Bürste. Tauch sie in einen Eimer Wasser, und der Schmutz lässt sich leichter entfernen.

Wenn dein Pferd sich Erde und Steinchen eingetreten hat, muss man sie mit dem Hufkratzer entfernen. Das macht

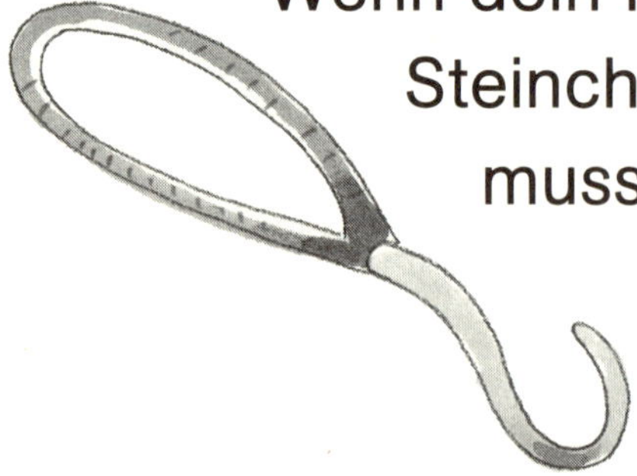

am Anfang sicher dein Reitlehrer, der Pferdepfleger oder der Besitzer. Aber eins solltest du auf jeden Fall tun: Den Schweif und die Mähne kämmen. Wie sehen die denn bei deinem Pony aus? Fein und dünn oder eher dicht und struppig?"
„Struppig!", sagt Sina und nickt: „Dick und struppig."
Sie denkt nach und sagt dann: „Wahrscheinlich heißt es deswegen Rocky. Er hat nämlich eine Mähne wie ein Rockstar. Verwuschelt. Und zottig."
Der Mann lacht. „Na, dann kannst du sie jedenfalls nicht mit den Fingern kämmen. Mit dem Mähnenkamm wahrscheinlich auch nicht. Nimm lieber die Schweifbürste, aber sei vorsichtig.

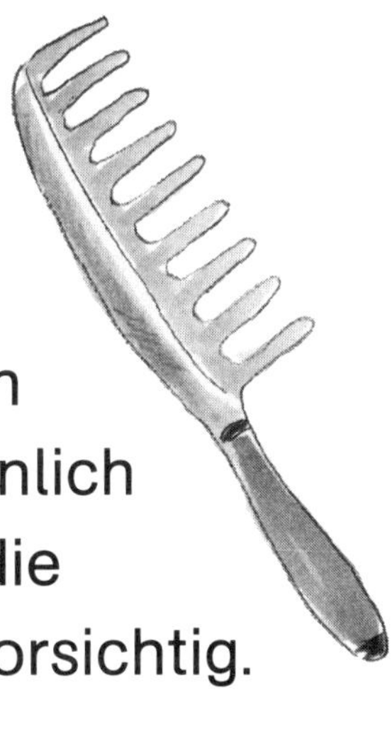

Du weißt ja, wie das ist, wenn man die Bürste durch verknotete Haare reißt. Das ziept ganz schön!“
Dann legt er zwei Naturschwämme auf den Tisch.

Sie sehen aus wie Duschschwämme.
„Für die Nase und die Augen“, sagt er, „und für den Po. Immer schön feucht machen, gut auswaschen – und nicht verwechseln! Die Ohren lässt du am besten in Ruhe. Und am Ende reibst du den Kopf mit einem alten Handtuch ab. So wird dein Pony wieder schön.

Ach ja, und noch was: Pass gut auf, welche Signale es beim ersten Putzen gibt. Wenn es die Ohren anlegt, putz lieber an einer anderen Stelle weiter!“

Als sie aus dem Laden gehen, sagt Mama: „Mir wäre es einfach lieber, wenn jemand mit Pferdeverstand beim ersten Putzen dabei wäre. Herr Bäumer hat das Pony ja selbst erst gekauft und du hast keine Erfahrung. In den Reitstall gehst du auch erst nächste Woche. Am besten, du nimmst erst ein paar Reitstunden und lernst, wie man mit Pferden umgeht. Dann kannst du’s mal bei Rocky probieren.“
„Nein!“ Sina ist entsetzt. „Ich will gleich bei ihm anfangen. Er braucht Gesellschaft, sagt Tilly Tierlieb.“

„Die Tierärztin – genau! Vielleicht kann sie dich zu dem Pony begleiten“, sagt Mama. „Ich rede mit Herrn Bäumer. Er will ja auch, dass Rocky nicht durchdreht.“

Die Grunduntersuchung

Am nächsten Tag treffen sich Sina, Max und Lenni mit Tilly Tierlieb bei Herrn Bäumer.
„Ist ja toll“, sagt der Gastwirt zu Sina. „Das freut mich, dass deine Mutter die Tierärztin noch mal bestellt hat.“
Tilly Tierlieb lacht: „Die Kinder haben mich geholt. Ich mache das hier nur für sie – und ohne Rechnung!“

Dann kündigt sie an: „Heute gibt es eine Grunduntersuchung. So kann ich Rocky nicht nur bei Krankheiten helfen, sondern Sie auch in anderen

Dingen beraten. Bei Impfungen, Wurmkuren und Futterfragen.“
Während sie über die Wiese laufen, fragt die Tierärztin Herrn Bäumer aus. Wie alt das Pony ist. Wann er es gekauft hat und von wem. Wie Rocky früher gelebt hat. Drinnen oder draußen, im Stall oder auf der Weide. Alleine oder mit anderen Pferden. Welchen Umgang er mit Menschen hatte. Und ob er geimpft ist.
Herr Bäumer beantwortet alle Fragen: Rocky ist eineinhalb Jahre alt. Er hat ihn von einem Mann gekauft, der das Pony seinem Sohn schenkte. Doch der Junge mochte Pferde nicht. Oder er hatte Angst vor ihnen. Jedenfalls wollte er nicht reiten, und so stand Rocky immer nur im Stall. Ganz allein.

„Ha!“, sagt Max, als er die Geschichte von dem Jungen hört. Mehr nicht, aber Sina und Lenni wissen, was er denkt: ‚Ich bin nicht der einzige, der Angst vor Pferden hat!‘
„Das ist ja eine dumme Geschichte“, sagt Tilly und schüttelt den Kopf.

„Niemand muss Angst vor Pferden haben. Wenn man lernt, sie zu verstehen, sind sie die besten Freunde."
Max sieht sie von der Seite an: Tilly Tierlieb kennt sich aus. Sie versteht Tiere wirklich gut. Ob es stimmt, was sie über Pferde sagt?
Herr Bäumer redet weiter: „Er hat alle notwendigen Impfungen: gegen Tollwut, gegen Influenza und die Grundimpfung gegen Wundstarrkrampf."
Lenni und Sina sehen sich an und verziehen das Gesicht. Tilly Tierlieb versteht ihren Blick. „Impfungen sind sehr wichtig", erklärt sie. „So eine Spritze tut dem Pferd zwar ein bisschen weh, aber das ist schnell vergessen. Und sie schützt das Tier vor Krankheiten. Die Tollwut zum

Beispiel kann tödlich sein, Wundstarrkrampf auch. Influenza hingegen ist nicht ganz so schlimm. Das ist eine Art Grippe. Sie betrifft vor allem die Atemwege. Das Pony bekommt dabei Fieber, eine Tropfnase und vor allem einen bösen Husten. Außerdem hat es starke Schmerzen. Manchmal wird es den Husten auch gar nicht mehr los. Das alles kann man durch regelmäßiges Impfen vermeiden. Einmal impfen genügt aber nicht: Mindestens einmal im Jahr muss aufgefrischt werden. Bei der Influenza-Impfung sogar zweimal im Jahr."

„So. Jetzt gehen wir aber hinein", sagt Herr Bäumer und öffnet die Stalltür. Rocky wendet den Kopf und sieht sie an.

„Er koppt ja gar nicht!“ Sina freut sich. Auch die Tierärztin ist zufrieden. „Er macht einen guten Eindruck. Die Ohren drehen sich nach jedem Geräusch, aber er legt sie nicht an. Die Nase tropft nicht. Die Augen glänzen. Das Fell auch. Der Schweif ist gleichmäßig und dicht – und der Puls“, sie legt eine Hand unter den Hals von Rocky, „geht ein bisschen schneller als normal, aber das macht die Aufregung. Die Atmung, wartet mal, bitte ruhig, ist auch in Ordnung. Er atmet zwölf Mal pro Minute, das ist im Normalbereich.“ Dann greift sie mit den Daumen in Rockys Mundwinkel und zieht sie auseinander. So kann sie seine Zähne kontrollieren. Das Ergebnis gefällt ihr: „Sehr gut, Rocky!“ Sie klopft dem Pony mit der flachen Hand auf

den Hals. Dann greift sie in ihre Tasche. „Schau mal, ein Leckerli!" Auf ihrer ausgestreckten Hand liegen drei kleine, trockene Röllchen. „Die kann man säckeweise kaufen", sagt Tilly Tierlieb zu den Kindern. „Pferde lieben sie. Und gesund sind sie auch noch: Getreide, Traubenzucker, Mineralien, Vitamine – was will man mehr?"

Sie hält die Hand ganz still und ganz flach. Rocky bewegt die Nüstern. Er schnuppert. Dann reckt er den Kopf und schiebt die Oberlippe vor. Mit einem kleinen Schlabbern seiner weichen Lippen nimmt er die Stäbchen auf. Dabei pustet er in Tilly Tierliebs Hand.

„Du bist ein Braver“, sagt sie und erklärt: „Leckerbissen müssen die Ausnahme sein. Jeden Tag einer, das reicht. Als Belohnung, wenn er etwas gut gemacht hat oder wenn er brav war. So wie jetzt. Aber er muss noch einmal brav sein. Ich gebe ihm eine Wurmkur.“

Zu Sina sagt sie: „Das ist sehr, sehr wichtig. Es gibt nämlich Würmer, die sich in den Pferden einnisten. Vor allem im Magen und im Darm. Dort beißen sie sich fest und fressen sich

voll. Für das Pferd bleibt kaum noch Nahrung übrig.
Es wird immer dünner und wächst nicht mehr richtig. Das Fell wird struppig und glänzt nicht mehr. Manche Pferde wollen gar nicht mehr fressen. Oder sie beginnen, komisch zu husten. Lauter Sachen, die keiner will. Deshalb muss man das Pferd alle drei Monate entwurmen. Aber erst muss es gehalftert und angebunden sein.“

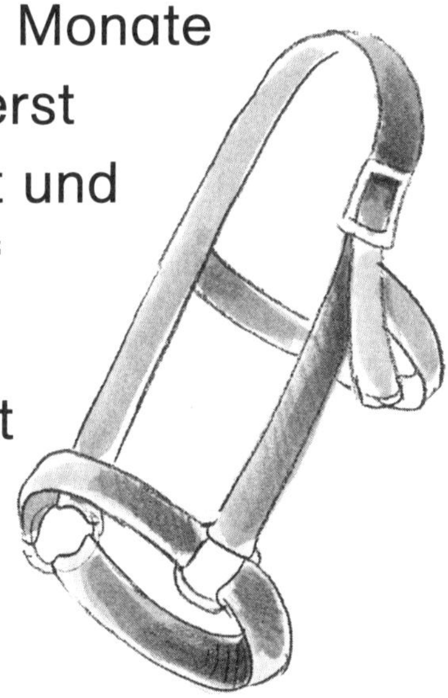

Herr Bäumer bringt das Zaumzeug. Das sind die Lederriemen, die dem Pferd über die Nase, hinter die Ohren und unter das Kinn gelegt werden.

Hier befestigt man die Zügel – oder eine lange Leine. Rocky wird nervös. Seine Ohren wackeln, er rollt mit den Augen.
„Vorsicht, bleiben Sie weg“, warnt die Tierärztin den Gastwirt. „Sonst steigt er noch hoch. Oder er dreht sich um und schlägt aus.“
Sie nimmt das Zaumzeug in die Hand. Mit Blicken zeigt sie den anderen, dass sie still sein sollen. Dann geht sie ganz langsam von vorne auf das Pony zu. Dabei summt sie. Eine selbst erfundene Melodie mit wenigen, tiefen Tönen. Rocky sieht sie an und wackelt mit den Ohren. Ganz ruhig steht er da. So lässt er sich das Halfter überstreifen.
Tilly Tierlieb handelt rasch, aber nicht hektisch. Sie wirkt ganz ruhig

und summt immer weiter. So zieht sie einen Strick durch Rockys Zaumzeug und bindet ihn um einen Pfosten in der Stallwand. Dann dreht sie sich langsam um und greift in ihre Arzttasche. Langsam dreht sie sich zu Rocky zurück. In der Hand hat sie eine große Plastikspritze. Sie hält sie hinter den Rücken, so dass Rocky sie nicht sehen kann. Langsam zieht sie den Deckel von der Spritze. Jetzt sieht Sina, die direkt hinter ihr steht, dass es keine normale Spritze ist. Die Spitze ist abgeschnitten. Pieksen kann sie also nicht. Außerdem ist keine Flüssigkeit in der Spritze, sondern eine Art weiße Creme.

Ruhig, aber rasch geht die Tierärztin von der Seite auf Rocky zu.
Mit der linken Hand fasst sie in sein Kinnhalfter. So hält sie seinen Kopf fest. Jetzt steht sie ganz dicht neben ihm. Mit der anderen Hand steckt sie die Spritze in Rockys Mundwinkel.
Sie drückt auf die Spritze, bis sie fast leer ist. Rocky zuckt mit dem Kopf. Die Salbe scheint ihm nicht zu schmecken. Da lässt Tilly die Spritzhülle fallen und greift noch einmal in ihre Jackentasche.
Mit einer Karotte zieht sie ihre Hand wieder hervor. Vielmehr mit einem Karottenstreifen. Sie hält ihn Rocky vor die Nase.

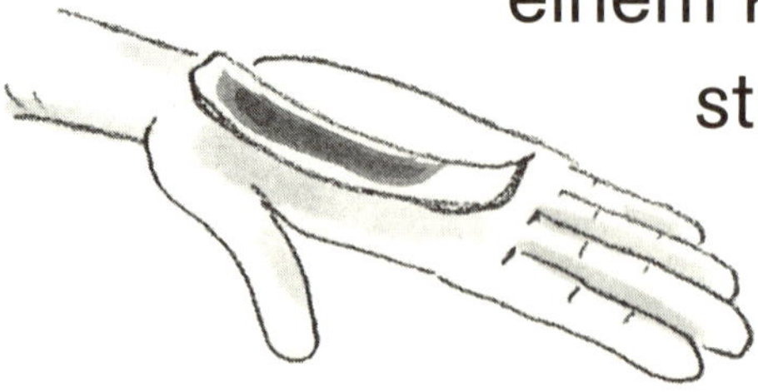

Der schnappt sofort danach und frisst ihr aus der Hand.
Einen Karottenstreifen nach dem anderen befördert die Tierärztin ans Tageslicht. Und einer nach dem anderen verschwindet in Rockys Maul.
So schluckt er auch die Salbe.

Die Pferdestunde

„Das war's." Tilly hebt die Plastikspritze auf und packt sie weg. „Bitte in den nächsten Tagen noch gründlicher ausmisten als sonst. Die toten Würmer und ihre Larven stecken nämlich bald im Pferdemist."
Herr Bäumer nickt: „Wird gemacht."
Zu den Kindern sagt die Ärztin: „Jetzt habt ihr selbst gesehen, was Pferde mögen. Wisst ihr noch, was?"
„Pferdebonbons!", ruft Sina.
„Und Karotten", ergänzt Max.
„Summen", erinnert Lenni.
„Gut aufgepasst!", lobt Tilly Tierlieb. „Die Pferdebonbons heißen übrigens

‚Pellets'. Für Pferde sind das echte Leckerlis. Man kauft sie in großen Säcken und kann sie ziemlich lange aufheben. Zum Beispiel in der Kiste mit Putzzeug. So sind sie immer griffbereit, wenn man sein Pony belohnen will.
Aber Vorsicht! Die Hand muss ganz flach sein, sonst beißt er dich in den Finger. Halte sie ruhig unter Rockys Nase – wie einen Teller."

Sie gibt Sina ein Pellet und Sina streckt die Hand aus – direkt vor Rockys Nase. Als sie seinen Atem spürt, zuckt sie zurück. Tilly beruhigt sie: „Hab' keine Angst: du musst die Hand nicht wegziehen, wenn er hineinbläst. Für Pferde ist das Anschnauben eine Art Unterhaltung. Ich glaube, wenn sie die Nasen

zusammenstecken und sich anblasen, erkennen sie sich gegenseitig. Und wenn Rocky dir in die Hand pustet, sagt er damit ‚Hallo!‘ “
Jetzt lacht Sina. „Hallo Rocky“, antwortet sie dem Pony – und zu ihrem Bruder, der sie ungläubig anstarrt, sagt sie: „Das fühlt sich lustig an: Es ist warm und kitzelt.“

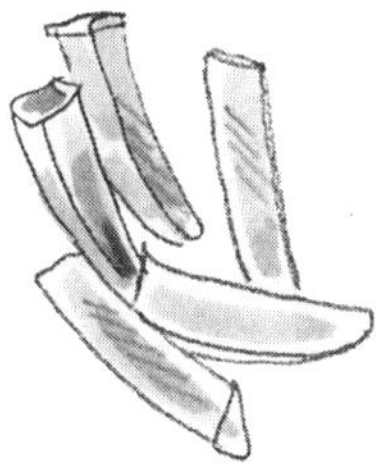

Tilly gibt ihm einen Tipp: „Du kannst Rocky auch mit anderen Leckerbissen verwöhnen. Nimm solche, die er mit den Zähnen besser packen kann. Karottenstäbchen zum Beispiel. Oder Apfelschnitze.

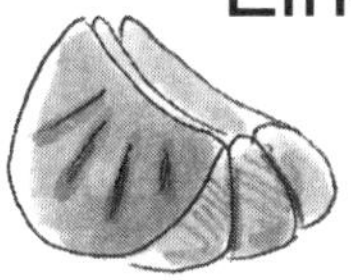

Eine geschälte halbe Orange, ein Stück Ananas oder eine halbe Banane.“

„Mama sagt, ein hartes Brötchen oder zwei Scheiben trockenes Brot tun es auch“, sagt Sina.

Die Tierärztin lacht: „Stimmt. Aber sei sparsam mit den Leckerbissen! Sie sollen etwas Besonderes sein. Er darf sich nicht daran gewöhnen, sonst wirkt die Belohnung nicht mehr. Und es heißt ja: ‚Allzu viel ist ungesund.‘ “

„Oh Mann, oh Mann“, kräht Max dazwischen. „Das ist doch nur so ein Spruch, um Kinder beim Spagetti-essen zu bremsen.“
Doch Tilly Tierlieb widerspricht: „Das gilt für Menschen genauso wie für Pferde. Bei den Brötchen ist es so: Die meisten Pferde sind verrückt danach. Sie können gar nicht genug davon kriegen. Müssen sie aber, sonst werden sie krank. Wenn

Pferde zu viel trockenes Brot fressen, bekommen sie Verstopfung. Das kannst du verhindern: Pass einfach auf, dass er nicht zu viel davon bekommt. Nur bei Karotten darf er richtig zulangen. Davon schadet auch die größte Menge nichts.“
„Muss ich die Karotte in Streifen schneiden?“, fragt Sina.

„Warum denn?“ Max staunt. So ein Riesentier kann doch wohl eine ganze Karotte fressen!
„Damit er sie besser schlucken kann“, erklärt Doktor Tierlieb. „Manchmal sind Pferde furchtbar gierig. Dann schlingen sie alles herunter, ohne es richtig zu kauen. Karotten können ihnen im Hals stecken bleiben. Äpfel auch. Deshalb ist es besser, du schneidest das Saftfutter in Stücke. Karotten in Streifen, Äpfel in Viertel. Ganz einfach – und es hilft. Ach ja, und noch was: Pferde mögen Zucker, aber gesund ist er nicht. Das ist wie bei uns: Zuviel Zucker macht die Zähne kaputt. Und er macht dick. Also: Vorsicht mit Würfelzucker!
Der ist quadratisch, praktisch – aber gar nicht gut.“

Lenni lacht: „Lieber singen und summen!“
„Ja“, sagt Tilly, „du wirst lachen: Pferde mögen Musik. Besonders, wenn sie rhythmisch ist. Manche laufen gern im Takt der Marschmusik. Andere entspannen sich bei

Klaviermusik. Bring einfach den Kassettenrekorder mit und probiere es aus. Aber lass lange Pausen zwischen den Stücken. So merkst du schnell, welche Musik am besten wirkt. Manchen Pferden ist Musik völlig egal. Trotzdem ist es den Versuch wert. Flötenmusik zum Beispiel kann nervöse Tiere beruhigen. Und was eigentlich immer hilft, ist Pfeifen. Nicht wie ein Teekessel. Auch nicht wie eine Dampflok. Und anders, als man einem Hund pfeift. Mehr wie der Wind: laut und leise, leise und laut. Und immer auf und ab. Pferde konzentrieren sich auf das Pfeifen und vergessen dabei die Angst. Dasselbe könnt ihr durch Summen erreichen. Manchmal auch durch Singen, am besten in tiefen Tönen und sanften Melodien."

Sina, Max und Lenni sind beeindruckt. Herr Bäumer auch.
Doch Tilly lacht: „Manchmal sind ganz andere Geräusche Musik in den Ohren eines Pferds."
Max sieht sie an und reißt die Augen auf.
„Das Klappern des Futtereimers zum Beispiel. Haferkörner oder Karotten rasseln und klappern ganz schön, wenn du den Eimer damit schüttelst. Für Pferde ist das ein prima Signal. Es kann zum Beispiel heißen: ‚Genug im Freien gespielt! Komm zurück in den Stall – es gibt Futter!' Hafer ist ein gutes Futter, aber ihr solltet auch andere Getreidekörner verwenden. Sonst wird der Kleine noch übermütig. Hafer macht nämlich quietschvergnügt. Deshalb sagt man: ‚Den sticht der

Hafer‘ und meint damit: ‚Der spinnt ein bisschen.‘ “
„Das wollen wir nicht!“, schreit Max. „Keine Spinnerpferde!“
„Das passiert auch nicht“, beruhigt ihn Tilly Tierlieb. „Der größte Teil des Futters sollen nicht Körner sein, sondern Fasern: Heu, Stroh und Gras. Davon sollte ein Pferd reichlich bekommen. Am besten in mehreren Mahlzeiten über den Tag verteilt.
Und dazu: viel frisches Wasser. Legt einen Salzleckstein in den Futtertrog. Oder hängt ihn in die Box. Oder an einen Baum. Jedenfalls so, dass Rocky daran lecken kann. Erwachsene Pferde brauchen Salz. Sonst wird ihr Blut ganz dick und schwer und sie bekommen einen Kreislaufkollaps.“

„Keine Sorge“, sagt Herr Bäumer, „ich hab’ schon einen Salzstein gekauft.“

Die Tierärztin strahlt. „Prima, da bleibt Rocky gar nichts anderes übrig: Er wird das gesündeste Pony der Welt!“

„Und das liebste!“, ruft Sina.

Lenni bekräftigt: „Genau!“

Sogar Max nickt.

Und Herr Bäumer sagt: „Danke, Frau Doktor! Das war ja eine richtige Pferdestunde.“

Rettungsalarm!

Die nächsten Tage vergehen schneller als normal. Findet Sina. Sie verbringt viel Zeit bei Rocky – mehr als eine Pferdestunde pro Tag. Manchmal einen Pferdenachmittag, manchmal einen Pferdevormittag. Manchmal kommt Lenni mit dem Bus und sie treffen sich bei Rocky. Manchmal ist auch Max dabei. Aber er sagt: „Ich kann nicht dauernd zu Rocky gehen. Wer soll sich denn um Schnuffi kümmern?"
Sina jedenfalls kümmert sich um Rocky. Sie striegelt ihn und bürstet ihn. Sie kämmt seinen Schwanz und säubert die Box. Jeden Tag.

Das geht ganz einfach: Mistgabel packen, Pferdeäpfel und nasses Stroh aufladen und auf die Schubkarre werfen. Fertig! Herr Bäumer bringt den Pferdemist weg. Sina braucht nur noch frisches Stroh in die Box zu streuen.

Rocky gewöhnt sich schnell an sie. Bald begrüßt er sie wie einen alten Freund: mit einem Schnobern. Dazu presst er die Luft zwischen den Lippen hervor, dass die nur so flattern. „Brrrrrrr" macht er und zeigt ein zufriedenes Gesicht. Er weiß genau, dass Sina immer einen Leckerbissen dabei hat.

Und Sina weiß, wo Rocky besonders gern gestriegelt wird. Wenn er sich lang macht und den Kopf vorstreckt, fühlt er sich wohl. Und wenn er dann noch die Oberlippe vorschiebt, heißt das: ‚Jaaa! Das tut gut! Bitte mach weiter!'

Am letzten Ferientag wollen sie Rocky noch einmal zu dritt besuchen. Sina öffnet die Stalltür. Sie wundert sich. Sonst guckt Rocky immer über die Boxentür. Manchmal begrüßt er sie einem kleinen Wiehern, manchmal nur mit ‚brrrrrr'. Diesmal sieht sie gar nichts. Und sie hört nichts. Oder doch? Ein schweres Atmen dringt aus der Box. Erschrocken schaut sie hinein. Rocky liegt auf der Seite und röchelt. Er sieht sehr erschöpft aus.

Seine Augen sind geschlossen. Die Einstreu ist zerwühlt. An vielen Stellen ist das Stroh zur Seite gefegt. Einzelne Strohhalme hängen in Rockys Fell. „Rocky!“, ruft Sina und öffnet die Tür. Das Pony versucht den Kopf zu heben und die Augen zu öffnen. Doch es hat keine Kraft mehr. Sofort schlägt der Kopf wieder auf den Boden. Sina kommen die Tränen. Sie kauert sich hin und streichelt Rockys Bauch. Der sieht aus wie ein Ballon. Und das Fell ist ganz feucht. Feucht und kühl.
„Wir müssen ihn zudecken“, schluchzt sie. „Er ist krank.“
Zum Glück ist Lenni da. Er holt eine Wolldecke aus der Sattelkammer und legt sie über Rocky. „Hab keine Angst“, flüstert er und reibt Rockys Bauch. „Wir helfen dir.“

Mit großen Augen kniet Max neben seinem Freund. Auch er massiert den Ponybauch.

„Ich hole Hilfe“, sagt Sina. Vorsichtig steht sie auf, vorsichtig verlässt sie die Box. Vorsichtig schließt sie die Tür. Dann läuft sie los: raus aus dem Stall, quer über die Wiese, rein ins Lokal. Dort stößt sie mit Herrn Bäumer zusammen. Der lässt fast das Tablett fallen.

„Was ist denn los?“, fragt er.

Sina ist ganz außer sich: „Schnell!“, ruft sie. „Rocky stirbt. Wir brauchen Tilly Tierlieb!“

Herr Bäumer erschrickt. Sofort geht er zum Telefon und ruft in der Tierarztpraxis an. „Ein Notfall, schnell! Das Pony ist krank!“

Mehr bringt er nicht heraus. Dann stellt er das Tablett ab und geht mit Sina zurück zum Stall.

„Es geht ihm schlechter“, rufen die Jungs. „Er atmet kaum noch.“

Jetzt handelt Herr Bäumer. „Er muss in Bewegung bleiben“, sagt er. „Sonst schlafen die Lebensgeister ein.“

Durch Klapse und Streicheln, mit Ziehen und Schieben bringen sie das Pferdchen auf die Beine. Dann versuchen sie, es zu bewegen. Zittrig stakst Rocky herum. Da fliegt die Stalltür auf. Die Tierärztin ist da!

„Ich bin fast geflogen“, sagt sie und wirft einen Blick auf das Pony und in die Box. „Kolik“, sagt sie und zieht ein Stethoskop aus der Tasche. Sie horcht Rockys Herz ab und sagt: „Oje, oje – schwere Kolik. Er hat grässliche Bauchkrämpfe. Wir müssen eine Magenspülung machen.“ Aus ihrer Tasche zieht sie einen langen Schlauch. Dann folgt ein

größerer Krug. Sie gibt ihn Max.
„Hol' Wasser!", bittet sie.
Maxi läuft zum Wasserhahn an der Außenwand des Stalls. Schnell kommt er zurück. Tilly Tierlieb greift nach dem Messkrug und rührt eine Art Creme hinein, die sie aus ihrer Tasche nimmt. Dann warnt sie Herrn Bäumer und die Kinder: „Jetzt wird's eklig. Wer das nicht vertragen kann, bitte wegsehen!"
Doch alle sehen zu.
Sie schiebt den Schlauch in Rockys Nase. Ganz vorsichtig. Immer weiter, bis fast der ganze Schlauch verschwunden ist.
„Jetzt sind wir im Magen angelangt", erklärt sie.
Dann leert sie den Inhalt des Messkrugs in den Schlauch.
„Das spült den Magen durch.

Dann müsste er sich entleeren. Wenn alles klappt, wird Rocky sich bald erholen.“

Tatsächlich! Nach wenigen Minuten läuft ein Zucken durch Rockys Körper. Dann ist es so weit: Er hat Durchfall. Minutenlang rauscht es unter dem hoch erhobenen Schweif hervor. Dann atmet Rocky wieder schneller.

„Geschafft!“, sagt Tilly Tierlieb. Sie sieht erleichtert aus. „Jetzt reiben wir ihn mit einem Frottee-Tuch trocken und führen ihn auf die Wiese. Dort kann er sich erst mal erholen.“

Draußen erklärt sie, was passiert ist: „Vermutlich hat er es geschafft, die Tonne mit Mais umzustoßen. Dann hat er Unmengen davon gefuttert und Bauchweh bekommen. Fürchterliches Bauchweh. Wahrscheinlich hat er auch tonnenweise Gras gefressen, seit er jeden Tag nach draußen darf. Sein Magen ist kein Frischgras gewöhnt. Auch das macht Verdauungsbeschwerden. Irgendwann heute nacht war er rasend vor Schmerz. Er hat ausgeschlagen und getobt. Dann hat er sich auf dem Boden gewälzt. Am Ende war er ganz entkräftet. Als ihr gekommen seid, habt ihr alles richtig gemacht: Ihn warm gehalten und massiert. Ihn hochgezogen und bewegt. Und ihr habt mich gerufen. Das war Rettung in letzter Minute!“

Sina lächelt Lenni an. Ihre Tränen sind getrocknet. Max sieht seine große Schwester an: Sie hat Rocky gerettet.

„Herzlichen Glückwunsch“, sagt Tilly Tierlieb. „Ihr habt Rockys Leben gerettet. Jetzt seid ihr ein echtes Rettungsteam.“

„Ja“, sagt Sina leise.

Zu dritt ergänzen sie stolz: „Wir sind das Tilly-Tierlieb-Team.“

Da hebt Rocky den Kopf und macht „brrrrr“. Dann wiehert er leise. Es klingt wie: ‚Danke!‘

Tipps vom Tierarzt

1. Sind Ponys Haustiere?

Ponys sind kleine Pferde, aber für viele Tierfreunde die große Liebe. Und das liegt nicht nur daran, dass sie, verglichen mit anderen Lieblingstieren, immer noch ganz schön groß sind. Bis 1,48 Meter Stockmaß, um genau zu sein. Denn das haben Fachleute festgelegt: Pferde, deren Schulterhöhe, direkt am Halsansatz mit einem Stock gemessen, weniger als einen Meter und achtundvierzig Zentimeter beträgt, nennt man Ponys.

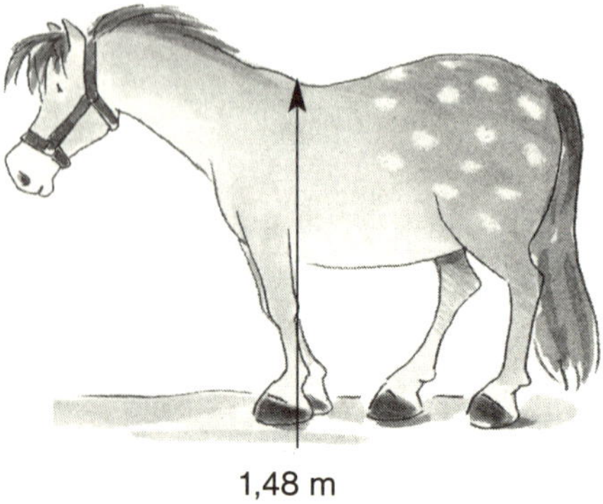

Verglichen mit anderen Haustieren, ist das natürlich riesig. Deshalb hält man Ponys ja auch nicht im Haus – außer man heißt Pippi Langstrumpf.

Normalerweise leben Ponys oder Pferde mit mehr oder weniger vielen Artgenossen zusammen – in einem Reitstall, auf einem Ponyhof, in einem Gestüt, auf einem Fohlenhof oder einem Reiterhof. Manchmal auch auf einem Bauernhof, zusammen mit größeren Pferden. Oder mit einer Ziege als Stallgefährtin, damit sie nicht allein sind.

Pferde sind von Natur aus Herdentiere – richtig sicher fühlen sie sich nur zu mehreren. Sie hassen es, allein zu sein und schließen schnell Freundschaft. Auch mit Menschen.

Dazu musst du noch nicht mal reiten. Frag einfach beim Bauern oder in einem Reitstall nach, ob du gelegentlich kommen und die Tiere besuchen darfst.

Vielleicht kannst du sogar Ponypatin oder Ponypate werden. Dann kannst du ein bestimmtes Tier versorgen und pflegen. Wenn du Mitglied in einem Reitverein bist, gehört das sowieso dazu. Dann hast du „dein“ Pony – auch wenn es dir nicht gehört.

2. Welche Leckerbissen mag mein Pony?

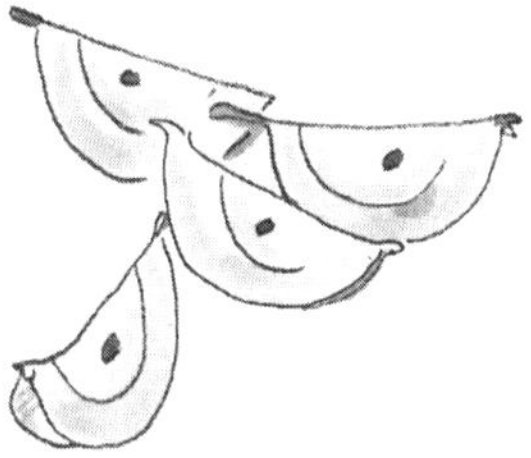

Beliebte Leckerlis für Ponys sind zum Beispiel eine Karotte, ein Apfel oder eine andere Frucht. Wichtig ist nur, dass dieses so genannte Saftfutter in längliche Stücke geschnitten ist, damit nichts in der Speiseröhre stecken bleibt. Südfrüchte wie Orangen, Ananas und Bananen solltest du schälen, denn häufig ist ihre Schale stark gespritzt und deshalb giftig. Steinobst wie Pflaumen, Aprikosen oder Mirabellen musst du entkernen, ehe du sie verfütterst.

Wenn du aus der Hand fütterst, lass dein Pony abbeißen. Ist das Obst dafür zu klein, leg es in den Futtertrog.

Nur wenn du ein Tier gut genug kennst, kannst du ihm auch kleine Stückchen auf der flachen Hand präsentieren wie auf einem Teller. Es wird die Leckerbissen vorsichtig mit seinen weichen Lippen aufschlabbern und dich nicht beißen – wenn du die Hand ganz ruhig hältst.

Aber es muss nicht immer Obst sein. Auch einen Kanten trockenes Brot mögen Pferde gerne – oder die so genannten Pellets, die du im Zoogeschäft kaufen kannst. Das sind gepresste Röllchen, die vor allem Getreideflocken enthalten, aber auch Mineralien und andere wertvolle Stoffe. Mit Zuckerwürfeln musst du sparsam umgehen. Für Ponys heißt es hier, genau wie für den Menschen: Allzu viel ist ungesund! Und macht dick – leider.

3. Was kann ich für die Gesundheit meines Ponys tun?

Ponys und Pferde naschen gern. Und leider sind sie da auch nicht klüger als wir: Wenn ihnen etwas schmeckt, können sie gar nicht genug davon bekommen. Egal, was dabei herauskommt. Im schlimmsten Fall ist das eine Kolik.
So nennt man Schmerzen oder Krämpfe im Bauch, die meistens durch falsche Fütterung entstehen. Aber auch Würmer oder eine Vergiftung können die Ursache sein. Unabhängig davon, weshalb das Pferd oder Pony an einer Kolik erkrankt, es reagiert immer gleich: Es rollt die Augen, wird unruhig, beginnt zu toben und wälzt sich am Schluss vor Schmerzen auf dem Boden.

Selbst wenn es sich zwischenzeitlich beruhigt, musst du unbedingt sofort den Tierarzt oder die Tierärztin holen. Inzwischen darf das Tier weder fressen noch trinken. Halte es warm, denn

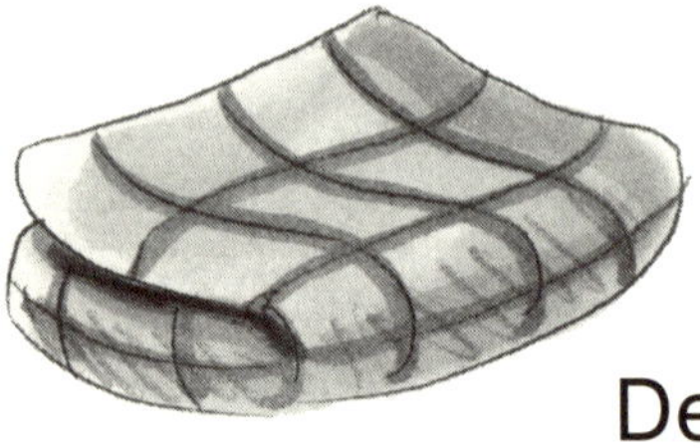

Wärme entspannt. Bei kühlem Wetter kannst du ihm eine Decke überwerfen, und wenn es geht, versuche den Patienten zu massieren.

Aber nicht nur zu viel Normalfutter, wie zum Beispiel Mais, kann für ein Pferd schädlich sein. Manche Pflanzen sind sogar giftig. Deshalb sollten sie auf Pferdekoppeln oder Weiden entfernt werden. Beim Ausritt musst du darauf achten, dass dein Pony sie nicht versehentlich abrupft und frisst. Zu diesen gefährlichen Pflanzen gehören der Hahnenfuß, der Goldregenbusch, die Eibe und die Tollkirsche.

Am besten lässt du dir diese Pflanzen von deinen Eltern zeigen, damit du sie erkennst. Das solltest du schon deshalb, weil sie sogar für Menschen giftig sind.

Wenn ein Pony sich beim Fressen vergiftet hat, reagiert es, je nach Pflanze, unterschiedlich. Meistens beginnt es aber stark zu schwitzen. Es bekommt Durchfall, zittert und taumelt. Wenn dein Pferd diese Symptome zeigt, braucht es schnellstens medizinische Hilfe.

Und noch etwas darfst du nicht auf die leichte Schulter nehmen: Pferdehusten. Der kann zwar harmlos sein – zum Beispiel, wenn viel Staub in der Luft ist oder wenn das Futter staubt –, aber Husten kann bei Pferden leicht chronisch werden. Dann bekommen sie Schwierigkeiten beim Atmen, die nicht einmal bei tierärztlicher Behandlung ganz verschwinden. Am besten ist Vorbeugen: Wenn der Reitplatz im Sommer zu sehr staubt, kannst du ihn abspritzen. Heu oder Stroh kannst du vor dem Füttern auch kurz in Wasser einweichen, damit der Staub, der daran hängt, sich in Matsch verwandelt. So schonst du die Lunge deines Ponys. Und wenn es trotzdem hustet, weißt du ja, wen du verständigen musst.

Zum Glück kann man viele Pferdekrankheiten von vornherein vermeiden. Durch Impfungen und Wurmkuren kann man dafür sorgen, dass die Tiere gesund und stark sind. Würmer werden sie zwar immer wieder mal haben, aber diese Wehwehchen, vor allem Durchfall, bekommst du mit der Zeit selbst in den Griff. In manchen Fällen kannst du sogar selbst eine Wurmkur verabreichen. Deine Tierärztin oder der Tierarzt zeigt dir, wie das geht.

4. Kann ich mich mit meinem Pony unterhalten?

Viele Pferdefreunde sagen, dass man mit Pferden oder Ponys richtig reden kann. Dabei sind die Geräusche, die diese Tiere machen, eher selten und nicht besonders vielfältig. Im Grunde musst du nur dreierlei Laute unterscheiden: das laute und das leise Wiehern und ein helles Quieken.
Das Quieken wirst du am seltensten hören: Hengst und Stute benutzen es beim Liebesspiel und Stuten begrüßen

sich damit gegenseitig, wenn sie einander imponieren wollen. Auch das laute Wiehern dient vor allem der Verständigung der Pferde untereinander. Es ist eine Art kurzer Begrüßung oder ein Signal unter Fremden. Seine Bedeutung kann deshalb wechseln – von „Hallo, ihr Stallhocker, ich bin vom Ausritt zurück! Wie geht's denn so?“ bis „Na hoppla, wer kommt denn hier vorbei?“

Interessant wird es für dich vor allem beim leisen Wiehern. Dabei bleibt der Mund geschlossen und die Zähne sind nicht zu sehen. Manchmal flattern die Lippen bei diesem Schnobern, das dann wie eine Art von Prusten klingt. Meistens beben auch die Nasenlöcher, die bei Pferden Nüstern heißen.

Das Wichtigste aber ist der Gesichtsausdruck: Der ist beim leisen Wiehern nämlich immer zufrieden.
So begrüßen Pferde und Ponys ihren Menschenfreund – jemanden, der oft ein Leckerli für sie dabei hat.

Das Wichtigste an der Pferdesprache sind aber nicht die Laute. Achte stattdessen auf die Ohren: Wenn sie in unterschiedliche Richtungen zeigen, ist das Tier angespannt. Egal, ob von vorne oder hinten – sobald etwas Ungewöhnliches auftaucht, will es fliehen. Hebt es mit gespitzten Ohren den Kopf, verspannt den Hals oder bleibt wie angewurzelt stehen, herrscht Alarmstufe eins: Das Pferd ist kurz davor zu scheuen. Versuche es zu beruhigen.

Wenn dagegen beide Ohren nach hinten geklappt sind, hilft alles Beruhigen nichts mehr: das Pferd ist sauer. Bleib also lieber in respektvoller Entfernung.

Manchmal hängen die Ohren aber irgendwie schlaff herum. Dann träumt dein Pferd vor sich hin – und das geht auch mit offenen Augen.

Meistens aber wird dir dein Pferd oder Pony mit weit geöffneten Augen entgegensehen und beide Ohrmuscheln zeigen nach vorne zu dir. Das bedeutet in der Pferdesprache ganz eindeutig: „Hallo! Schön, dass du da bist!“

TIPP VOM TIERARZT

Geprüft von der Tierärztlichen Klinik
Dr. Faulstroh & Dr. Eichhorn,
Frankfurt am Main

Geschichten erzählen war für **Margot Scheffold** schon immer das Größte. Sobald sie schreiben konnte, bastelte sie für ihre jüngere Schwester Bücher. Oft ging es darin um Tiere, denn davon gab es im und ums Forsthaus jede Menge. In Haus und Garten, im Wald und beim Bauern. Im Lauf der Zeit kam so ein ganzer Zoo zusammen. Bald waren die Geschwister Expertinnen für Hasen und Katzen, Hunde und Ponys, Igel und Vögel. Dabei sammelten sie auch jede Menge Erfahrungen beim Tierarzt. Heute lebt Margot Scheffold als Journalistin in München.

Dorothea Tust ist in Langenberg im Rheinland geboren und hat in Wuppertal Grafikdesign studiert. Seit ihrem Studium arbeitet sie als freie Illustratorin und hat bislang zahlreiche Kinderbücher und viele, viele Geschichten für die Sendung mit der Maus gezeichnet. Sie lebt in Köln.

Sina

liebt Pferde über alles. Sie hat ihr Zimmer mit Pferdepostern geschmückt und träumt von einem eigenen Pony. Außerdem schwärmt sie heimlich für Lenni.

Max

Maxi, Mini-Max, 6 Jahre alt. Für Sinas kleinen Bruder steht fest: Ein richtiger Mann braucht einen Hund! Oh Mann, oh Mann – ist das so schwer zu verstehen!

Lenni

wohnt mit seiner Mutter und Zwergkaninchen „Hops“ in einer Stadtwohnung. Er kennt sich mit Tieren aus und ist einfach cool. Deswegen ist er Maxis großes Vorbild.